日本一短い手紙

「挑戦」

令和四年度の第三十回 一筆啓上賞「日本一短い手紙『挑戦・チャレンジ』」（福井県坂井市・公益財団法人丸岡文化財団主催、株式会社中央経済社ホールディングス・一般社団法人坂井青年会議所共催、日本郵便株式会社協賛、福井県・福井県教育委員会・愛媛県西予市・住友グループ広報委員会特別後援）の入賞作品を中心にまとめたものである。

同賞には、令和四年五月十日～十月二十一日の期間内に三万九七〇四通の応募があった。令和五年一月十九日に最終選考が行われ、大賞五篇、秀作一〇篇、第三十回記念選考委員特別賞四篇、住友賞二〇篇、坂井青年会議所賞五篇、佳作一一六篇が選ばれた。同賞の選考委員は、小室等、佐々木幹郎、宮下奈都、夏井いつき、長澤修一の諸氏である。

本書に掲載した年齢・職業・都道府県名は応募時のものである。

目次

入賞作品
大賞〔日本郵便株式会社 社長賞〕 6
秀作〔日本郵便株式会社 北陸支社長賞〕 22
第30回記念選考委員特別賞 50
住友賞 64

坂井青年会議所賞 ―― 108
佳作 ―― 120
あとがき ―― 238

大賞

〔日本郵便株式会社　社長賞〕

2歳の息子へ

一人《ひとり》でズボン履《は》こうと挑戦《ちょうせん》する君《きみ》。
「ママ手伝《てつだ》わないで」と言《い》うけど、
それTシャツよ？

田淵 祥子
新潟県 32歳 主婦

一筆啓上「２歳の息子」へ

一人でズボン履こうと挑戦する君。「ママ手伝わないで」と言うけど、それTシャツよ？

すやませんせいへ

ちゃれんじってなんですか。
ぷーるにおもいきって
かおをつけたこともちゃれんじですか

ひがしや　あやか
福井県　6歳　小学校1年

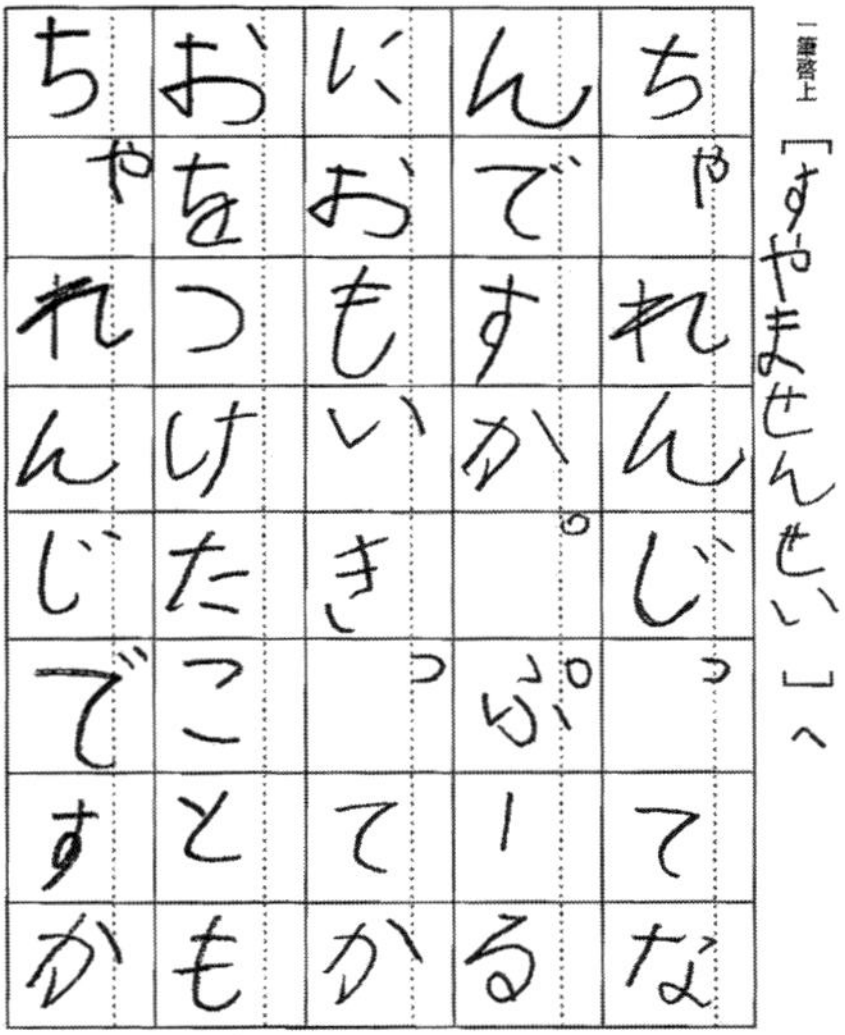

一筆啓上

「すやませんせい」へ

ちゃれんじってなんですか。ぷーるにおもいきってかおをつけたこともちゃれんじですか

おとうさんへ

おとうさんが、
とうきょうにいっているので
おとうさんのかわりを、する。

おがた ひさと
福岡県 6歳 小学校1年

一筆啓上

［おとうさん］へ

おとうさんが、とうきょうにいっているのでおとうさんのかわりを、する。

運転を卒業する母へ

俺《おれ》も卒煙《そつえん》します。
消臭剤《しょうしゅうざい》も新品《しんぴん》に。
いつでも配車《はいしゃ》、
御用命下《ごようめいくだ》さい。

岩越　正剛
長野県　40歳　工員

運転を卒業する母へ。
俺も卒煙《そつえん》します。消臭
剤も新品に。いつでも
配車、御用命下さい。

お父さんへ

どうせ大好《だいす》きなんだから
お母《かあ》さんに「愛《あい》してる」って
言《い》ってあげなよ。

斎藤　優那
福井県　17歳　高校3年

一筆啓上

「お父さん」へ

どうせ大好きなんだからお母さんに「愛してる」って言ってあげなよ。

大賞選評

選考委員　佐々木　幹郎

読んでいただければわかるように、大賞には6歳、17歳、32歳、40歳という男女が並んでいます。今年の応募作品の特徴として、「チャレンジ」というテーマのせいでしょうか、どの年齢の方のものも、非常に内容がバラエティーに富んでいたと言えると思います。いつものテーマよりも、あっ、これもチャレンジというふうに捉えるのかというように驚く作品が多くて、選考していてたいへん楽しめました。

それともう一つ、これがチャレンジなのだと決めて応募してくる方と、チャレンジって一体何だろうかと言うふうに問いかけをしてくるパターンと二つありました。大賞の中にはその両方が入っています。

「2歳の息子へ」という田淵祥子さんの作品、ひとりでズボンを履こうと挑戦する2歳の息子さん、一般家庭でよくあるユーモアあふれる笑い話ですけど、お母さんに手伝ってもらわなくても一人で何とかズボンを履くことに挑戦したい。それを見守っているお母さん。でも彼が履こうとしていたのはTシャツだったというオチがつくんですけど、お子さんを見つめる母親の温かい視線と笑いがいいですね。非常にシンプルな挑戦というものの、母親からの見つめ方として、大賞に選ばれました。

次に坂井市のひがしやあやかさん、6歳です。一筆啓上賞は宛名がとても大事です。誰に宛てて書くかという事が大事。ここで「すやませんせいへ」と小学校の自分の担任の先生の名前をあげています。すやま先生にあてて、かわいいひらがな文字で、「ちゃれんじってなんですか?」と冒頭から問いかけている。実に素直で自然ですね。無理にこじつけてテーマに沿おうとした言葉がひとつもない。プールの水に顔を浸けることは冒険だったんですね。ぜひ顕賞式には、すやま先生も一緒に参加して欲しいと願っています。この作品を見つけたとき、一発でこれは大賞だと思いました。飛びつきました。

宛名が「おとうさんへ」という、おがたひさと君の作品。これも作者は6歳です。

この作品の何が良いかというと、小学校1年生の作者は、ここでも全ての文字をひらがなで書いているのですが、選考会でみんなで言い合ったのは、この作品には手書きで文字を書くことの良さがよく出ているということでした。なにが素晴らしいかというと、「おとうさんが、とうきょうにいっているのでおとうさんのかわりを、する」という、読点の使い方です。「おとうさんのかわりを」と「する」の間に、「、」を入れている。ここに読点を入れたことが凄い。かわりを「する」ことの意気込みと力強さが如実に現れていて、おがたひさと君にとってのチャレンジ精神が微笑ましいばかりに、ふつふつと伝わってきます。パソコンやスマホではなく、手書きで文字を書くことによって生まれた、あるいは発見されたと言ってもいいでしょう、そのような画期的な読点の挿入です。自筆で手紙を書くということの素晴らしさがここによく表れていると思います。

「運転を卒業する母へ」という岩越正剛さん、40歳の方です。お母さんが運転免許証を更新することをやめた。その時、ずっとタバコ好きで、車の中でもタバコを吸っていた息子さんが「俺も卒煙します」と決意した。そして消臭剤も新しく用意した。たぶん息子さんの車はタバコ臭くて乗りたくないと言っておられたんでしょう。でもお母さんが運転をやめたなら自分の車に乗せてあげたい、お母さんの運転をやめる挑戦に対して自分もタバコをやめるという別の形の挑戦で応えるという素晴らしい息子さんだなとみんなで話しあいました。こういう形で「チャレンジ」という言葉が生きてくるのなら、どんなに和やかで温かな、いい家庭ができるだろうかと思いました。

最後の作品ですが、宛名が「お父さんへ」という斎藤優那さん。高校3年生、17歳という年齢が効いています。17歳っていう年齢の女性だから、この「愛してる」って言葉の意味が分かるようになってきて、もし彼女がもう少し年下だったら、「愛してる」という言葉がよく見えないままだったと思いますが、17歳という思春期の時期に「愛してる」っていう言葉の意味の大切さがわかった時に、お父さんに「お母さんに「愛してる」って言ってあげなよ」、と挑戦をふっかけている。これもとっても微笑ましい、力強いチャレンジの精神を示していると思いました。

（入賞者発表会講評より要約）

秀作

〔日本郵便株式会社　北陸支社長賞〕

自閉症の娘へ

私《わたし》のチャレンジは君《きみ》を
〝普通《ふつう》〟に育《そだ》てることではなく
〝普通《ふつう》〟の中《なか》で育《そだ》てることでした。

小野 文香
千葉県 59歳 主婦

一筆啓上「自閉症の娘」へ

私のチャレンジは
君を〃普通〃に育
てることではなく
〃普通〃の中で育
てることでした。

自分へ

ひとつの事《こと》を長《なが》く続《つづ》けることも挑戦《ちょうせん》だけど、
長《なが》く続《つづ》けてきた事《こと》を辞《や》めるのも、挑戦《ちょうせん》です。

佐藤　優
東京都　19歳　大学2年

一筆啓上

「自分」へ

ひとつの事を長く続けることも挑戦だけど、長く続けてきた事を辞めるのも、挑戦です。

おこりんぼうの自分へ

弟《おとうと》にレゴをこわされても
おこらない。
おこりたい。
でもぜったいおこらない。

中川 航葵
福井県 8歳 小学校3年

一筆啓上

「おこりんぼうの自分」へ

弟にレゴをこわさ
れてもおこらない。
おこりたい。でも
ぜったいおこらな
い。

おかあさんへ

くっきーのかたぬきだけじゃなくて
はかる・こねる・やくまで、
ひとりでやりたい。

うえだ　はな
愛媛県　7歳　小学校1年

一筆啓上　「おかあさん」へ

くっきーのかたぬきだけじゃなくてはかる・こねる・やくまで、ひとりでやりたい。

息子へ

堪忍《かんにん》な。
あんたの階段《かいだん》のぼり応援《おうえん》したいけど、
明日《あした》、ベビー柵《さく》つけさせてもらいます。

島崎　朋見
群馬県　30歳　主婦

一筆啓上「息子」へ

堪忍《かんにん》な。あんたの階段のぼり応援したいけど、明日、ベビー柵つけさせてもらいます。

反抗期の娘へ

毎日完食《まいにちかんしょく》。
口《くち》はきかずとも空腹《くうふく》は人《ひと》を選《えら》ばず。
俺《おれ》は卒業《そつぎょう》までお前《まえ》の弁当《べんとう》を作《つく》り続《つづ》ける。

福井　洋明
静岡県　50歳　団体職員

一筆啓上「反抗期の娘」へ

毎日完食。口はきかずとも空腹は人を選ばず。俺は卒業までお前の弁当を作り続ける。

冷え性の母へ

初《はじ》めて挑戦《ちょうせん》した手編《てあ》みの靴下完成《くつしたかんせい》！
なのに神棚《かみだな》にお供《そな》えして早《は》や二冬《ふたふゆ》。
お願《ねが》い「履《は》いて」

洲﨑 優子
東京都 38歳 会社員

一筆啓上「冷え性の母」へ

初めて挑戦した手編みの靴下完成！なのに神棚にお供えして早や二《ふた》冬《ふゆ》。お願い「履いて」

お父さんとお母さんへ

お題《だい》「挑戦《ちょうせん》」だって
ねぇ
二人《ふたり》で遠《とお》く見《み》るの
やめて

舟橋 優香
茨城県 28歳 会社員

一筆啓上「お父さんとお母さん」へ

お題「挑戦」だっ
て
ねぇ
二人で遠く見るの
やめて

これから来る人生の壁へ

何《なに》が来《き》ても大丈夫《だいじょうぶ》です。
越《こ》えるシナリオはないですが
立《た》ち止《ど》まる気持《きも》ちも一切《いっさい》ないです。

河田 優衣
福井県 14歳 中学校2年

一筆啓上

「これから来る人生の壁」へ

何が来ても大丈夫です。越えるシナリオはないですが立ち止まる気持ちも一切ないです。

ほいくえんのともせんせいへ

ほんとうは、
ほいくえんにもどりたいけれど、
やくそくしたから
がっこうがんばります。

松井　佑起
福井県　7歳　小学校1年

一筆啓上

「ほいくえんの ともせんせい」へ

ほんとうは、ほいくえんにもどりたいけれど、やくそくしたからがっこうがんばります。

秀作選評

選考委員　宮下　奈都

大賞との境界線上にありながらほんのちょっと届かなかった、良い作品ばかりです。

まず、「自閉症の娘へ」。これは全選考委員からの評価が高い作品でした。文句なしに素晴らしいと手放しで絶賛した委員もいます。普通という言葉の使い方について、考えさせられました。意識していないだけで、人の数だけ普通があるのだと思います。普通に育てる、普通の中で育てるという、母としての覚悟、矜持、勇気。迷ったり悩んだりしながら、挑戦してきたことが凝縮されている作品だと思います。

次に、「自分へ」という作品です。手紙というのは誰かに宛てて書くものですから、自分への手紙というのは選考委員の目が厳しくなりがちです。でも、この作品には、あえて自分に宛てて書く意味がありました。作者は、十九歳という年齢まで、ひとつの事を長く続けてきた人なのでしょう。それを今、辞めようとしている。この大きな決断こそが挑戦なのですね。それを自分に宣言する手紙です。自分に宛てる切実な必然性があるのが強く伝わってきました。

「おこりんぼうの自分へ」は、すごくかわいいですね。そして、健気。とてもいいお兄ちゃんだということがよくよくわかります。おこりんぼうじゃなくても、大人でも、レゴを壊されたら怒りますからね。この子はおこりたい、でもぜったいおこらない、という心の揺れとともに、決意、挑戦というものをしっかり書いていて非常に良いなと思いました。いつかこの賞を弟さんに自慢してほしいです。

「お母さんへ」は、クッキーをつくる全行程をひとりでやりたい七歳の挑戦です。保護者は型抜きが楽しいだろうと思ってやらせるんですが、もうこの子にははっきりした自我がある。こねる・やくはまだしも、はかるという地味な作業からやりたいという、自分でやるということの意味をわかっている子です。それがまた、ひらがなだけの一文に全部表れているのが素晴らしいと思いました。将来が楽しみです。
そして次の作品。「息子へ」。これもすてきでした。挑戦しているのは、作者ではありません。息子さんです。そしてその挑戦を、なんと作者は妨害する立場だというのが、ひねりが効いています。「ベビー柵をつけさせていただきます」というおかしさ、そして、赤ちゃんに「息子へ」という宛名で手紙を書くその突き放した感じがたいそう魅力的なお母さんだと思いました。こんなお母さん、いいですよね。上手い一作でした。

（入賞者発表会講評より要約）

秀作選評

選考委員　夏井　いつき

最初に「反抗期の娘へ」という作品です。

まず話題になったのが、いったいどんな事情で、お父さんが娘にずっとお弁当を作るんだろうと。こういうケースですと、そうなった過程を綿々と述べることが多いかと思うのですが、そういうことは述べない。毎日空っぽの弁当箱だけが返ってくるだけ。この手紙の場合、「反抗期の娘へ」という宛先が、とても大事な前提として掲げられていると。そのあたりの宛先と内容との絡みが絶妙にいいなと思いました。お父さんのチャレンジを賞を差し上げることで応援したいとそんな気持ちになった作品でした。

次は「冷え性の母へ」という作品です。

読んだ瞬間、母の立場で似た経験を思い浮かべました。毎年誕生日にお嫁さんからグラスをプレゼントにもらうが、わってしまってはいけないとつい使わずにしまってしまいます。それを知ったお嫁さんに「割れてもいいように毎年プレゼントするんですよ」と言われなるほどなと。さすがに神棚にまでお供えしませんが、このお母様の神棚に供えしたいというこの気持ちがいいよねと純粋に受け止めましたら、他の選考委員2名が「神棚に供えているのを忘れてるんじゃないか？」という解釈まで出まして、そう思うと家族というのが手紙の読み方によって色んな風に見えてくる。それもまたいいよねってそういう理解にまとまった作品でした。

次の「お父さんとお母さんへ」という作品です。

この作品を激しく推したのは佐々木さんでした。「遠く見るのがいいじゃないか」と。残りの4人はゆっくりと説得させられたという感じでした。言われてみるとこの手紙の場合、佐々木さんのおっしゃる通り、28歳というこの年齢がとても大事だと。「なるほどな」と思ったわけです。この方も28歳になるまで色々な無謀な挑戦をし続けているうちに、とうとう28歳になったのではないかと。お父さんお母さんは、今までのことが頭によぎって遠くを見るしかないとそういう親子関係だったのかもしれないねっていう話が出てくると、今度また別の選考委員が、お父さんもお母さんも色々な挑戦、結婚すること、子供を産むことで諦めてきた挑戦とか夢とかあったんじゃないか。二人で持っていたけど二人で諦めた夢もあったんじゃないかと。また別の選考委員はお父さんとお母さんは別々の夢を持っていて、結婚して二人とも諦めたとかそういう人生かもしれないと。たったこれだけの短い手紙なのに、私達はこのご一家の人生についてどれだけ深く考察させられたかと。これも作品の奥行なのではないかと思うわけです。

そして次は、「これから来る人生の壁へ」という作品です。

中学校2年生のお嬢さんです。潔いお嬢さんですね。これも一種の自分への挑戦という内容の手紙です。宛先は「これから来る人生の壁へ」というものへ宛てているわけです。この壁に向かって、自分は大丈夫だ、シナリオはないけど止まる気もないと中学校2年生でこれがはっきりと言えて書けるって大したもんですよね。これから色んな人生の壁にぶつかっていくんでしょうけど、この人の一生の節目、ターニングポイントにぶつかる時に立ち止まる気持ちも一切ない、これが原動力になる。シナリオは今はないけれども、立ちふさがる壁によって、この人は様々なシナリオを自分の中で考えていく力を持ってらっしゃるに違いありません。

そして「ほいくえんのともせんせいへ」という作品です。

私はもう抱きしめたいと思うほど。こんな手紙を書いてもらえるとも先生は保育園の先生冥利に尽きるというんでしょうか。ゆうきくんは保育園大好きだから、とも先生と別れたくないと思っている子と分かりますし、とも先生はゆうき君のことを、新しい環境で大丈夫かしらと心配して、先生と約束しようねって、保育園で起こったことがありありと手に取るようにわかる作品です。顕賞式には二人で手をつないで、出席して欲しいな。そして私は二人を抱きしめたいと思う次第でございます。

（入賞者発表会講評より要約）

第30回記念選考委員特別賞

小室等賞

本人へ

保育士《ほいくし》になった。
こども三人《さんにん》産《う》んだ。
孫四人《まごよにん》できた。
夢《ゆめ》は叶《かな》ったよ。
あとは女優《じょゆう》やな。

松井 詔子
大阪府 69歳

本人へ

保育士になった。こども三人産んだ。
孫四人できた。夢は叶ったよ。
あとは女優やな。（三十九文字）

佐々木幹郎賞

お母さんへ
反抗期《はんこうき》。
「いってきます」すら、
挑戦《ちょうせん》。

藤井　梨心
鹿児島県　11歳　小学校6年

一筆啓上

「お母さん」へ

反抗期。「いってきます」すら、挑戦。

宮下奈都賞

自閉症の兄ちゃんへ

これから二人《ふたり》になっても大丈夫《だいじょうぶ》かな。
俺《おれ》は大丈夫《だいじょうぶ》　兄《にい》ちゃん好《す》きだからさ。
兄《にい》ちゃんは？

佐藤　剛志
東京都　21歳　学生

自閉症の兄ちゃんへ
これから二人になっても大丈夫かな。
俺は大丈夫　兄ちゃん好きだからさ。
兄ちゃんは？

夏井いつき賞

最前列の君へ

舟《ふね》をこぐ
君《きみ》は授業《じゅぎょう》の質《しつ》のバロメーター
君《きみ》の目《め》を輝《かがや》かせる
そんな授業《じゅぎょう》づくりに挑戦《ちょうせん》だ

工藤　博子
広島県　教員

一筆啓上

「最前列の君」へ

舟をこぐ　君は授業の質のバロメーター　君の目を輝かせる　そんな授業づくりに挑戦だ

小室等賞選評

選考委員　小室　等

宛先を自分にするのは基本的になしだよねっていう合意は選考委員の中であるんですが、この作品は最後のフレーズが技ありで選考委員の基本合意に勝った。「あとは女優やな。」ジョークで言っているのか本気で言っているのか、本人にお会いする機会があったら、真意を聞いてみたいなとも思うのですが、ジョーク、本気、どちらでも技あり一本の素敵な作品でした。

佐々木幹郎賞選評

選考委員　佐々木　幹郎

非常に短い言葉で、リズミックです。小学校6年生、11歳で反抗期に入ったこと、自分がやっていることは反抗期だからやっているんだということを自覚しているところがとてもおもしろい。「行ってきます。」と無理に言うことすら挑戦だ、結局言わないまま出ていくと。「それが反抗期っていうものよ」という形で、お母さんに説明している手紙文ですが、自分の心理を説明せずに、単刀直入に、リズミックに言い切っているところが気に入りました。

宮下奈都賞選評

選考委員　宮下　奈都

この作品には無粋な選評などは要らない気がします。二十一歳の弟から自閉症の兄への、覚悟と愛の手紙だと思いました。二十一歳にして「これから二人になっても大丈夫かな」という。いろいろな不安や心配もあることでしょう。それなのに、「俺は大丈夫」といいきってみせる優しい力強さに胸を打たれました。そして「兄ちゃんは？」と投げかけて終わる、これが手紙の本質ではないかと、はっとしました。この二人が幸せに生きていけるようにと心から思わせてくれる作品です。

夏井いつき賞選評

選考委員　夏井　いつき

元同業者という意味で少々厳しい言い方をしますと、最前列にいる生徒が寝ているという状況の中で、教員のタイプは3つに分かれます。敢えて厳しく上中下とします。中は寝ている子に注意して目を開けさせる、下は知らん顔して居ない者として授業を続ける、上というのは正にこのお手紙の先生の姿勢だと思います。教員という仕事は言ってみましたら教室の中の支配者みたいな立場に自分を勘違いしてしまいがちなので、自分の授業に対して寝ている生徒が悪い、騒ぐ生徒が悪いと思うのが楽ちんなわけで、どうしても自分に対して甘くなってしまう。その気持ちにはとても良く分かるけれど、子供たちに物を教えることで、ご飯を頂いている以上は、目の前にいる子供たちをどうやって起こして、どうやって全員がキラキラした目で黒板を見てくれるかと、これこそがプロとしての工夫のしどころであると考えるわけです。この先生はそれを真正面からお手紙にされています。寝ているその君が、私の今日の授業の質のバロメーターであると。真摯に反省するだけじゃなくどうやったらいいか授業づくりに挑戦すると。この手紙を日本中の職員室に貼っておいていただきたいと、そういうふうに思います。この賞を差し上げることで、日本中の教師が原点に戻る、そういう働きも持ってくれるのではないかと思います。

住友賞

過去の自分へ

「挑戦《ちょうせん》の挑《ちょう》が桃《もも》に見《み》える。」
君《きみ》がそう思《おも》ったから
私《わたし》の挑戦《ちょうせん》はいつも甘《あま》い香《かお》りがします。

丸岡 依月
兵庫県 16歳 高校2年

一筆啓上「過去の自分」へ

「挑戦の挑が桃に見える」。君がそう思ったから私の挑戦はいつも甘い香りがします。

妻へ

土作《つちづく》りから一年《いちねん》、
初《はじ》めて収穫出来《しゅうかくでき》た白菜《はくさい》に
「買《か》った方《ほう》が安《やす》い」と言《い》うの
止《や》めてください。

小川　匡之
三重県　66歳　パート

一筆啓上「妻へ」へ

土作りから一年、初めて収穫出来た白菜に「買った方が安い」と言うの止めてください。

じいちゃんへ
私《わたし》の挑戦《ちょうせん》した料理《りょうり》、
旨《うま》い旨《うま》いと言《い》うけれど、
よくよく見《み》たら、
まだお箸《はし》つけてないやん！

杉山　美緒
大阪府　47歳　会社員

一筆啓上「じいちゃんへ」へ

私の挑戦した料理、旨い旨いと言うけれど、よくよく見たら、まだお箸つけてないやん！

明日の自分へ

きらいなきゅうりをがんばってたべた。
明日《あした》の水泳《すいえい》のテスト
かっぱみたいに泳《およ》げるはず。

関根　侑誠
東京都　8歳　小学校2年

一筆啓上

「明日の自分」へ

きらいなきゅうり
をがんばってたべ
た。明日の水泳の
テストかっぱみた
いに泳げるはず。

ママへ

ぼく、三年生《さんねんせい》になったから、
お母《かあ》さんってよぶね。
…やっぱり六年生《ろくねんせい》からにしようかな。

浦出　駆
福井県　9歳　小学校3年

一筆啓上「ママ」へ

ぼく、三年生になったから、お母さんってよぶね。…やっぱり六年生からにしようかな。

お母さんへ

おかあさんのしらがをいっぱいぬいて、
おばあちゃんになるのをとめてみせるよ。

太田　瑛大
福井県　6歳　小学校1年

一筆啓上「お母さん」へ

おかあさんのしらがをいっぱいぬいて、おばあちゃんになるのをとめてみせるよ。

母へ

私達《わたしたち》が予命《よめい》を伝《つた》えなかったのは、
生命《いのち》への願《ねが》いと、
奇跡《きせき》への挑戦《ちょうせん》でした。

岡　里恵
島根県　48歳　事務職員

一筆啓上

「母」へ

私達が予命を伝えなかったのは、生命《いのち》への願いと、奇跡、への挑戦でした。

就活を終えた長男へ

百《ひゃく》の理想《りそう》より、
一《ひと》つのご縁《えん》を百《ひゃく》に広《ひろ》げていけばいいよ。
新《あたら》しい挑戦《ちょうせん》の始《はじ》まり、おめでとう

樋口 朋子
東京都 57歳 自営業

一筆啓上「就活を終えた長男」へ

百《ひゃく》の理《り》想《そう》より、一《ひと》つのご縁《えん》を百《ひゃく》に広《ひろ》げていければいいよ。新《あたら》しい挑戦《ちょうせん》の始《はじ》まり、おめでとう

おかあさんへ

これからもいっぱい
おてつだいがんばります。
だっていもうとは
わたしのまねをするから

近間 伊織
福井県 7歳 小学校1年

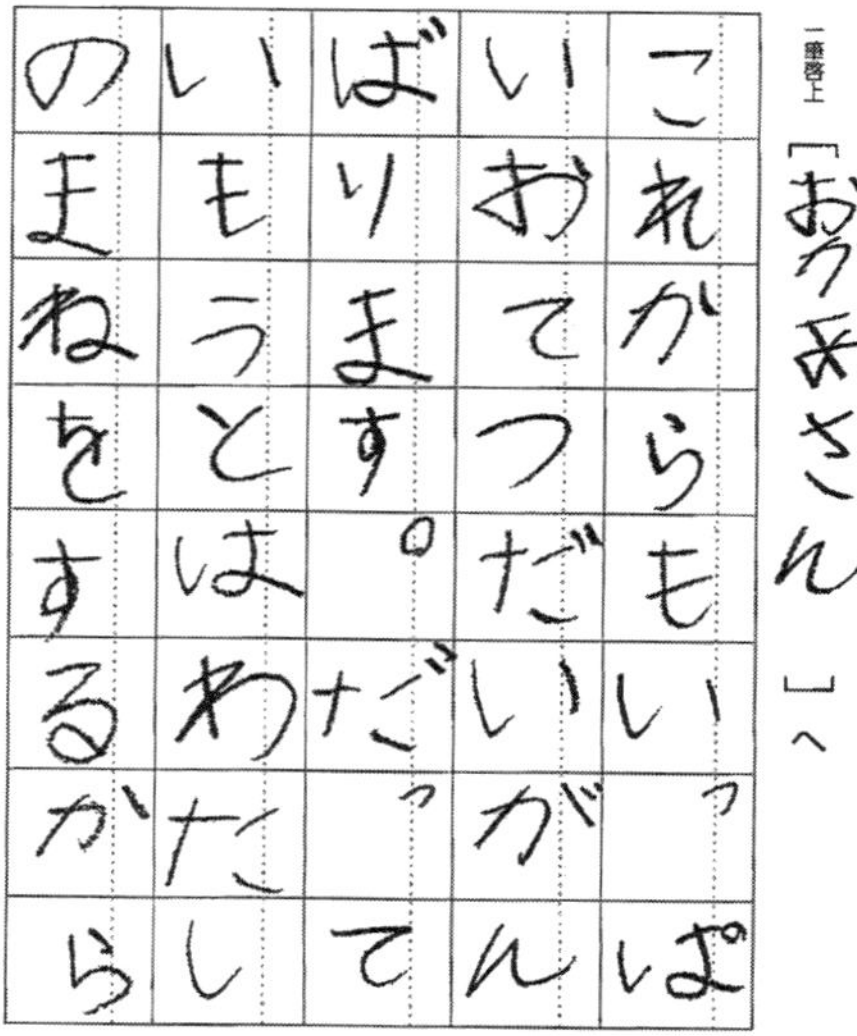

一筆啓上 「おかあさん」へ

これがらもいっぱいおてつだいがんばります。だっていもうとはわたしのまねをするから

ママへ

ダイエットしてください。
写真《しゃしん》の中《なか》の細《ほそ》くてきれいなママが
動《うご》く姿《すがた》をみてみたい。

しみず　ほまれ
福井県　6歳　小学校1年

一筆啓上「ママ」へ

ダイエットしてください。写《しゃ》真《しん》の中《なか》の細《ほそ》くてきれいなママが動《うご》く姿《すがた》をみてみたい。

孫へ

必死《ひっし》の形相《ぎょうそう》、
逆上《さかあが》り出来《でき》ぬ孫《まご》の尻《しり》、
思《おも》わず押《お》してしまった。
ゴメン

河本 律子
奈良県 80歳 主婦

一筆啓上「孫」へ

必死の形相、逆上り出来ぬ孫の尻、思わず押してしまった。ゴメン

息子へ

母《かあ》ちゃん見《み》てみてーってあんた。
骨折《こっせつ》してまですることじゃなか。
木登《きのぼ》りジャンプは。

中井　夕紀
熊本県　39歳　パート

一筆啓上「息子」へ

母ちゃん見てみてーってあんた。骨折してまですることじゃなか。木登りジャンプは。

子どもらへ

お母《かあ》さん、グレーヘアーになるよ。
新《あたら》しい自分《じぶん》そして自由《じゆう》になりたくて。
お楽《たの》しみに。

高野　智美
大分県　56歳　パート

一筆啓上「子どもら」へ

お母さん、グレー
ヘアーになるよ。
新しい自分そして
自由になりたくて。
お楽しみに。

おかあさんへ

しんちょうは、早《はや》くぬかしたい。
たいじゅうは、ぬかしたくないなあ。

椎名　莉彩
千葉県　7歳　小学校2年

一筆啓上

「おかあさん」へ

しんちょうは、早くぬかしたい。たいじゅうは、ぬかしたくないなあ。

母さんへ
私《わたし》は今日《きょう》やっとあなたに
「俺《おれ》」って言《い》えました。

平岩　未海
東京都　15歳　無職

母さんへ

私は今日

やっとあなたに

「俺」って言えました。

ちょうせんへ

ちょうせんとは
たたかいをいどむことだよね、
ぼくは、あらそいはきらいなんだ。

前田 清一
福井県 7歳 小学校1年

一筆啓上 「ちょうせん」へ

ちょうせんとは
たたかいあいざお
ことだよね、ぼく
は、あらそいはき
らいなんだ。

いもうとへ

こんどふたりで、
なんぷんけんか　しないですごせるか、
ちょうせん　しよう。

廣部　真子
福井県　6歳　小学校1年

一筆啓上

「いもうと」へ

こんどふたりで、なんぷんけんかしないですごせるか、ちょうせんしよう。

息子へ

キャラ弁《べん》に挑戦《ちょうせん》したのに、
あれ何《なん》のキャラクターやったん?って。
そりゃないわー。

永川 晃代
兵庫県 49歳 会社員

「筆跡上「息子」へ

キャラ弁に挑戦しだのに、あれ何のキャラクターやってたん？って。そりゃないわー。

妹へ

いつも負《ま》ける君《きみ》がチョキを出《だ》した。
やっと気《き》づいたか。

吉信 好華
兵庫県 17歳 高校2年

一筆啓上「妹」へ

いつも負ける君がチョキを出した。やっと気づいたか。

社会人一年目、東京でがんばる息子へ

あなたの食事《しょくじ》を作《つく》らず
私《わたし》一人《ひとり》分《ぶん》の量《りょう》を作《つく》るチャレンジ、
これがね、、寂《さび》しく難《むずか》しいのよ。

織茂　麻子
宮城県　52歳　会社員

一筆啓上「社会人一年目、東京でがんばる息子」へ

あなたの食事を作らず私一人分の量を作るチャレンジ、これがね、、寂しく難しいのよ。

住友賞選評

選考委員　長澤　修一

6歳から80歳までの幅広い年代の方々から20作品を住友賞に選びました。その中で印象に残った作品をいくつかご紹介します。

先ずは、最年少6歳、しみずさんの「ママへ」という作品。今回ダイエットを題材にした作品が多かったのですが、その中の代表として選ばせて頂きました。お母さんの昔の写真に写る姿と今の姿を見比べて、素直に昔の方が素敵だなと思ったのでしょうか、非常に子供らしい作品です。特に、「動く姿を見てみたい」と、写真が動くという現代の動画世代らしい表現がとても素晴らしいと感じました。

次に高校生の丸岡さんの「過去の自分へ」という作品。確かにパッと見ると、挑戦の「挑」の字が「桃」に見えます。「だから私の挑戦は甘い香りがします」と、高校生になると視覚だけではなく、五感を使った表現をできるようになるのだなと感心しました。今後、挑戦という文字を見た時に、桃のことを思い出してしまうくらい感受性豊かな作品です。

次に、母親の立場で書かれた樋口さんの「就活を終えた長男へ」という作品。我々は企業人として、多くの新卒社会人の方々を毎年お迎えするわけですが、この作品で表現された言葉は、私も新入社員の方々に伝えたいなと思うくらい、すごく温かく、未来に向けた希望がこもった作品だなと思い選びました。

次は、最高齢の80歳の河本さんの「孫へ」という作品。必死に逆上がりを頑張るお孫さんを見て、助けようという思いからではなく、必死な姿に、思わず手が出てしまった、そういう背景までが、映像と共に浮かんできた作品です。

最後は、個人的に非常に印象深く残っている、平岩さんの「お母さんへ」という作品です。

最初は普段「僕」と言っていた男の子が、15歳になって「俺」って言うようになったっていう成長物語的な作品かなと捉えていました。しかし、他の選考委員の先生方のご指摘もあり、改めてお名前を見ると未海さんとある。もしかして女性の方なのかもしれない。そうすると日頃「わたし」と言っていた女の子が、「俺」に変わった。しかも、「今日やっとあなたに」という事は、何か越えなければいけない葛藤のような事情があったのではないか?事実はどうなのか分からないですが、その様なことを想像させられるくらい、一気に世界観が広がり、奥深い作品に感じられ、選ばせていただきました。

この他にもたくさん素敵な作品に今回出逢えることができました。

住友グループ広報委員会を代表しまして、一同から感謝申し上げます。

（入賞者発表会講評より要約）

坂井青年会議所賞

ママへ

3年前《ねんまえ》に病気《びょうき》でいなくなって
悲《かな》しかった。
大人《おとな》になったら
昔《むかし》のママを治《なお》してみせるから。

水上　莉煌
福井県　8歳　小学校3年

一筆啓上「ママ」へ

3年《ねん》前《まえ》に病気《びょうき》でいなくなって悲《かな》しかった。大人《おとな》になったら昔《むかし》のママを治《なお》してみせるから。

かんとくへ

ぼくがバッターの時《とき》は
バントのサインしかだしませんね。
ぼくもうてるように挑戦《ちょうせん》します

田中　輝希
福井県　8歳　小学校3年

一筆啓上「かんとく」へ

ぼくがバッターの時はバントのサインしかだしませんね。ぼくもうてるように挑戦します

パパママへ

いつも「しなさい、やりなさい」
ばっかりだね。
わたしは、あそびにちょうせんちゅう。

山田　陽真理
福井県　7歳　小学校1年

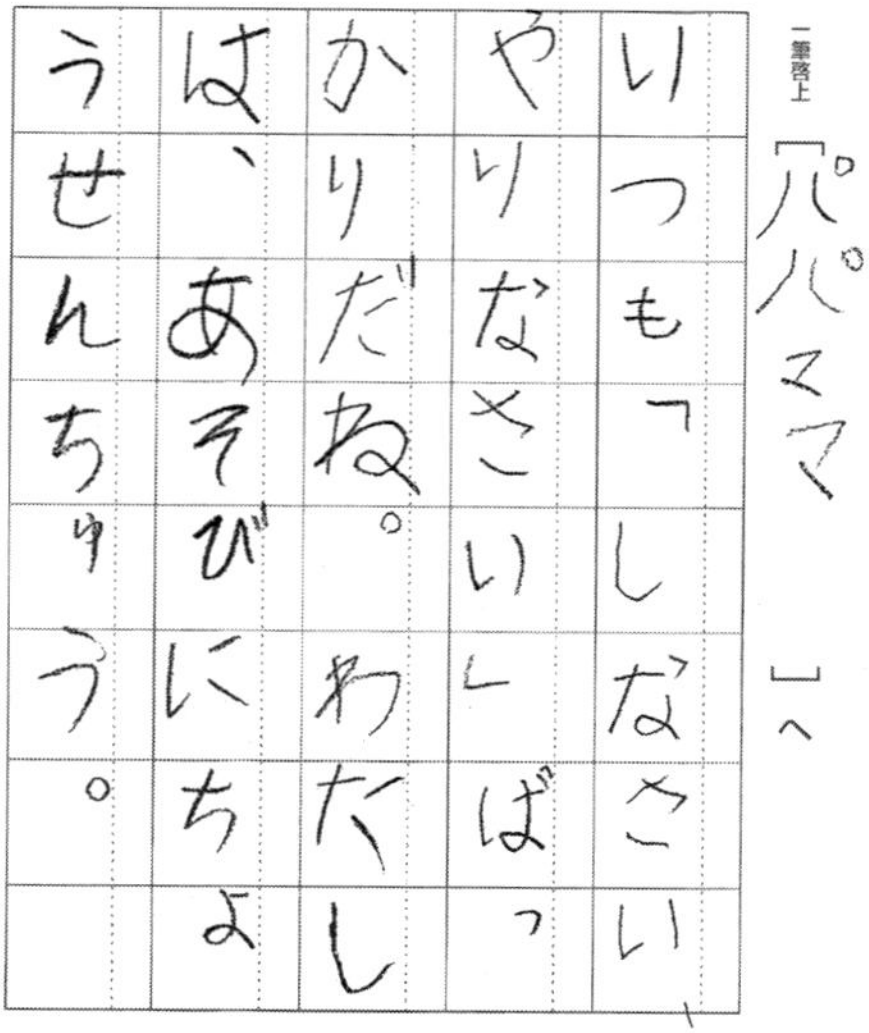
一筆啓上
「パパママ」へ
いつも「しなさい」「やりなさい」ばっかりだね。わたしは、あそびにちょうせんちゅう。

パパへ

そろそろ、料理《りょうり》に挑戦《ちょうせん》してください。
ママが困《こま》ってます。
私《わたし》は、パパより出来《でき》ますよ。

吉川　碧海
福井県　12歳　小学校6年

一筆啓上

「パパ」へ

そろそろ、料《りょう》理《り》に挑《ちょう》戦《せん》してください。ママが困《こま》ってます。私《わたし》は、パパより出《で》来《き》ますよ。

ママへ

やせる、やせるっていって、
ぜんぜんやせないね。
でもかわいいよ。

北川　心乃美
福井県　6歳　小学校1年

一筆啓上
［ママ］へ

やせる、やせるっていって、ぜんぜんやせないね。でもかわいいよ。

佳作

病へ

次《つぎ》から次《つぎ》へと私《わたし》に戦《たたか》いを挑《いど》んでくる
君《きみ》の目的《もくてき》は何《なん》ですか？
私《わたし》負《ま》けませんよ。しぶといので

阿部 加世子
北海道 62歳 主婦

つかまり立ちを始めた孫へ

ジイジは大腿骨骨折《だいたいこつこっせつ》から復活《ふっかつ》したぞ。
おたがい、
歩《ある》けるようになるまで頑張《がんば》ろうな。

佐々木 晋
北海道 61歳 会社員

僕の学生時代ガンで早世した母ちゃんへ

新聞《しんぶん》奨学生《しょうがくせい》として医学部《いがくぶ》に挑戦《ちょうせん》。
夢《ゆめ》を叶《かな》え医師《いし》として20年《ねん》。
僕《ぼく》が診《み》てあげたかったな。

國吉 保孝
青森県 47歳 医師

多賀神社の神さまへ

ぼくの今年《ことし》のほうふ聞《き》こえましたか。
ホームランをぜったいうつので、
見《み》ていて下《くだ》さい。

伊澤　樹磨
宮城県　7歳　小学校2年

お父さんへ

蓋《ふた》を開《あ》けたら隙間《すきま》だらけのお弁当《べんとう》だけど、
昨日《きのう》より卵焼《たまごや》きがきれいに焼《や》けてるね

菊地　真依
宮城県　16歳　高校2年

病後、右半身に麻痺が残った夫へ

またギター弾《ひ》く気《き》になったんだね。
休《やす》み休《やす》みの「イッツ・マイ・ライフ」も
悪《わる》くないね。

佐藤　京子
秋田県　56歳　会社員

父へ

もう一度《いちど》歩《ある》きたいんだねどうしても。
仁王立《におうだ》ちして挑《いど》むリハビリ。

海老原　順子
茨城県　67歳

お父さんの病気へ

お父《とう》さんは負《ま》けない。
僕《ぼく》たちがついているから。
家族《かぞく》からのちょう戦《せん》じょうを送《おく》ります。

関根　絢斗
茨城県　9歳　小学校4年

夫の笑顔に逢いたい私へ

我胸《わがむね》に、夫《つま》の形見《かたみ》のウクレレ抱《いだ》き、
短《みじか》い指《ゆび》で、「アロハオエ」挑戦《ちょうせん》だ。
がんばっぺ。

長澤　直美
茨城県　75歳　主婦

国の友達へ

いつも外国《がいこく》の生活《せいかつ》がいいねえと言《い》う人《ひと》、
こっち来《き》て僕《ぼく》の生活《せいかつ》をやって見《み》て!!!

ファドリ　ヌグロホ
茨城県　20歳　日本語学校

将来の私へ

忘《わす》れないで。
日本《にほん》へ来《き》たとき、
目標《もくひょう》がたくさんあった。
いっしょうけんめい勉強《べんきょう》してね。

マイティ　フォン
茨城県　18歳　日本語学校

私へ

あれもこれも値上《ねあ》がり
頭《あたま》がイタイ
赤字《あかじ》か黒字《くろじ》か家計簿《かけいぼ》とにらめっこ
やりくり挑戦《ちょうせん》頑張《がんば》れ私《わたし》

増山　葉瑠美
茨城県　52歳　主婦

本人へ

『挑戦《ちょうせん》』するのは何《なん》の為《ため》？
たぶん…ちょっとだけ
昨日《きのう》より好《す》きな自分《じぶん》になる為《ため》かな。

高橋　伊津子
埼玉県　57歳　主婦

旅立った母へ

お腹《なか》出《で》ていた父《ちち》が、
マッチ棒《ぼう》みたい。
太《ふと》らせようと挑戦《ちょうせん》して5年《ねん》。
同《おな》じ味付《あじつ》けなのにな。

村田 園絵
埼玉県 44歳 主婦

セミさんへ

うちのベランダにきてたセミさん。
すごいよ。ここは10かいだよ。
わたしもがんばるね。

枝松　英奈
千葉県　7歳　小学校2年

72さいのばあちゃんへ

だいすきなばあちゃんと
ずっといっしょにいたいから
にひゃくさいまでいきてほしいよ。

金城　春希
千葉県　6歳　小学校1年

自分へ

こっせつした。
右《みぎ》ききから左《ひだり》ききになった。
ちょうせんすればなんでもできる。
すごいな

齊藤　奏和
千葉県　7歳　小学校2年

去年の私へ

去年《きょねん》の私《わたし》よ、
無茶《むちゃ》な目標《もくひょう》立《た》てるから
今年《ことし》の私《わたし》が来年《らいねん》の私《わたし》に
丸投《まるな》げしようとしているぞ。

森田　くみこ
千葉県　46歳　契約社員

娘へ

ドライヤーの音《おと》に
負《ま》けじと英文《えいぶん》を音読《おんどく》しまくり
髪《かみ》を乾《かわ》かす、
十八《じゅうはち》の君《きみ》に桜《さくら》咲《さ》け。

内山 陽子
東京都 54歳 主婦

妻の脂肪へ

いいか、俺《おれ》はどんな妻《つま》も愛《あい》している。
でも、努力《どりょく》する妻《つま》のために、
もう少《すこ》し燃《も》えてくれ。

河野　喜幸
東京都　36歳　公務員

自分へ

新《あたら》しいことに挑戦《ちょうせん》するってドキドキだけど、
「初《はじ》めて」がつくことって一度《いちど》きりだよ。

北澤　知奈
東京都　20歳　大学2年

物忘れするようになった母へ

「おいしかったぁ。で、何《なに》食《た》べたっけ？」
とおどけるその笑顔《えがお》、
明日《あした》もゲットするぞ！

酒井 美百樹
東京都 49歳 主婦

自分へ

人生《じんせい》の岐路《きろ》には二《ふた》つの漢字《かんじ》がある。

「挑《いどむ》」と「逃《にげる》」。

その時々《ときどき》で必要《ひつよう》な方《ほう》を選《えら》んでね。

下吹越　直紀
東京都　23歳　会社員

親愛なる両親へ

箱入娘《はこいりむすめ》が一人《ひとり》上京《じょうきょう》して
不安《ふあん》なのは分《わ》がってらげど、
わは思《おも》ってらほど弱《よわ》ぐねよ。
大丈夫《だいじょうぶ》。

高橋　美羽
東京都　19歳　大学1年

亡くなってしまった愛犬へ

貴方《あなた》、今《いま》でも私《わたし》の夕食《ゆうしょく》を
食《た》べようと挑戦《ちょうせん》して、
ジャンプしてるでしょ。
見《み》え見《み》えだよ。

長坂　ソフィア怜
東京都　13歳　中学校2年

お母さんへ

はじめてさか上《あ》がりが出来《でき》たよ。
雲《うん》ていも出来《でき》たよ。
たくさん挑戦《ちょうせん》してもう腹《はら》ぺこだよ。

前田 健太
東京都 8歳 小学校2年

家族へ

口《くち》だと絶対言《ぜったいい》えないけど手紙《てがみ》なら。
反抗期《はんこうき》の私《わたし》のほんの小《ちい》さな挑戦《ちょうせん》。
いつもありがとう。

松本　琴葉
東京都　12歳　中学校1年

先生へ

皆《みな》が普通《ふつう》にできること、
友達《ともだち》との会話《かいわ》や人前《ひとまえ》での発表《はっぴょう》、
僕《ぼく》には日々《ひび》特別《とくべつ》な挑戦《ちょうせん》なんです。

渡邉　侑真
東京都　13歳　中学校2年

親友　尾崎君へ

「『一筆啓上賞《いっぴつけいじょうしょう》・花《はな》』に入賞《にゅうしょう》した」と喜《よろこ》んでいたね。

えっ?・その後《あと》7連敗中《れんぱいちゅう》?・諦《あきら》めるな!

鈴木　邦義
神奈川県　84歳　無職

自分へ

「失敗《しっぱい》してもいいからやってみな。」

と友達《ともだち》に言《い》う自分《じぶん》。

自分《じぶん》は絶対《ぜったい》やらないくせに。

長島　立桃
神奈川県　13歳　中学校1年

1歳の娘へ

椅子《いす》運《はこ》び、よじ登《のぼ》り、背伸《せの》び、
筆《ふで》ペンに手《て》を伸《の》ばす。
君《きみ》の挑戦《ちょうせん》、お母《かあ》さんは阻止《そし》します。

森川 久枝
神奈川県 39歳 主婦

母さんへ

もう一年経《いちねんた》つのに漕《こ》ぎ出《だ》せないのは、
母《かあ》さんの相槌《あいづち》が
私《わたし》のオールだったからなんだね。

功刀　すみ子
山梨県　59歳　主婦

せりちゃんへ

こけてもこけても
つかまり立《だ》ちしようとする。
できた時《とき》の笑顔《えがお》に
じいじはメロメロだよ。

岡田　博之
新潟県　63歳

人生を変える決断へ

いつも思《おも》う。
どっちが正解《せいかい》？
でも決《き》めた。
選《えら》んだ方《ほう》を正解《せいかい》にするために
私《わたし》は挑戦《ちょうせん》する。

長谷川 心暖
新潟県 15歳 中学校3年

来年還暦を迎える自分へ

やっぱり、昨日見《きのうみ》た
オレンジフレームの老眼鏡《ろうがんきょう》を買《か》いに行《い》こう。
赤《あか》いセーターを着《き》て。

秦　貴子
石川県　58歳　主婦

ままとパパへ

ことしのなつは、
むしさがしをがんばるよ。
にがてなことへのちょうせんは
らいねんね。

五十嵐　佳斗
福井県　6歳　小学校1年

なこちゃんへ

ぼくのいもうとに
うまれてきてくれてありがとう。
ぼくもおせわにチャレンジするね。

伊藤　翔
福井県　7歳　小学校1年

3-4のみんなへ

中学校最後《ちゅうがっこうさいご》の年《とし》。
31人《にん》の挑戦《ちょうせん》、31人《にん》の青春《せいしゅん》。
全部《ぜんぶ》、楽《たの》しんだもん勝《が》ちゃと思《おも》わん？

上杉 千里
福井県 15歳 中学校3年

ママへ

アラームより前《まえ》におきる
ママよりも早《はや》くおきてやる。
ママよりも長《なが》い一日《いちにち》をすごすんだ。

大宮　莉愛
福井県　8歳　小学校2年

おにいちゃんへ

あいちけんで一人《ひとり》ぐらし。
ぼくも一人《ひとり》でしゅくだい。
二人《ふたり》はチャレンジいちねんせい。

柿原　遼介
福井県　6歳　小学校1年

お母さんへ

私《わたし》が自分《じぶん》で決《き》めたんだ。
だから今回《こんかい》は、口《くち》を出《だ》さずに
だまって私《わたし》を見守《みまも》っていてね。

木村 愛徠
福井県 9歳 小学校4年

えほんへ

えをみるのはたのしいのに、
もじがみえるとこまっちゃうな。
もうすこしまっててね。

きむら　たいき
福井県　6歳　小学校1年

こわかったプールの水へ

勇気《ゆうき》を出《だ》してもぐった時《とき》目《め》を開《あ》けてみたら、
キレイな別世界《べつせかい》が見《み》えて感動《かんどう》したよ。

桐畑　瑞貴
福井県　10歳　小学校5年

ママへ

ママ知《し》ってるか？
剣道《けんどう》で「めん！」とやられると、
たんこぶできるんやぞ。
でも諦《あきら》めん！

笹村　樹生
福井県　8歳　小学校3年

お兄ちゃんへ

手《しゅ》じゅついたくないよ。
目《め》がさめたら終《お》わっているよ。
ぼくもそうだったからね。

しお田　一吹
福井県　8歳　小学校3年

ママへ

なん日《にち》おこられずにすごせるか。
ただいましんきろくこうしんちゅう。

志賀　春陽
福井県　6歳　小学校1年

じいちゃんへ

じいちゃんが言《い》ってた
「男《おとこ》は泣《な》くな」
でも、じいちゃん逝《い》った時《とき》、
初《はじ》めて反抗《はんこう》してみたよ

大河瀬　勇人
福井県　14歳　中学校3年

いもうとへ

ないてもいいよ。
ぼくがすぐにちかくにいくよ。
おにいちゃんになれてうれしいんだよ。

髙田　大煌
福井県　7歳　小学校1年

パパへ

自転車《じてんしゃ》の後《うし》ろをもってるフリして
そっと手《て》をはなすのやめて。
挑戦《ちょうせん》する心《こころ》も折《お》れます。

高波　由椛
福井県　6歳　小学校1年

自分へ

妻《つま》が要介護《ようかいご》5で入所《にゅうしょ》。
面会禁止《めんかいきんし》の昨今《さっこん》、どう挑戦《ちょうせん》？
ラブレターを書《か》く手《て》があったか。

竹内 敏夫
福井県 78歳

妻へ

君《きみ》をくどきおとすことにチャレンジ。
二十五年前《にじゅうごねんまえ》の良《よ》い思《おも》い出《で》です。
うれしかったなあ。

都筑　昌哉
福井県　57歳　医師

母へ

つめ切《き》りに挑戦《ちょうせん》したよ。
かたかったけど、少《すこ》し切《き》れた。
でもまだまだママにしてほしいな

鳥山　結晴
福井県　8歳　小学校3年

ばあばへ

入院中《にゅういんちゅう》のばあばに会《あ》えなくて悲《かな》しい。
庭《にわ》は草《くさ》だらけ。
よし、ぼくに任《まか》せて全部《ぜんぶ》とるぞ!!

中村 駿斗
福井県 12歳 小学校6年

せんせいへ

ぼくは、このてがみにはつちょうせん。
せんせいへ、むずかしいです。

野川　梛
福井県　7歳　小学校1年

おかあさんへ

いつも「できない。」って言《い》っちゃうけれど
「やってみる。」って言《い》ってみるよ。

野崎　千晴
福井県　7歳　小学校2年

お母さんへ

夏休《なつやす》み、新《あたら》しいことに挑戦《ちょうせん》っていうけれど、
学校《がっこう》で全部《ぜんぶ》パワーつかっちゃったんだよね。

林　こか
福井県　9歳　小学校4年

ぱぱままへ

おてつだい、がんばるよ。
おこづかいをためて、
ぱぱとままのくつしたとぐみをかうの。

半澤　ひまり
福井県　6歳　小学校1年

コロナウィルスさんへ

まいにちしんかしているそうですね。
わたしだってつぎは
にねんせいになるんだよ。

藤本　ちなみ
福井県　7歳　小学校1年

ご先祖様へ

ハゲは遺伝《いでん》だと言《い》われ
育毛《いくもう》に挑戦《ちょうせん》してきたが、
あなたの強《つよ》いＤＮＡには、
土下座《どげざ》です。

堀田　幸榮
福井県　72歳　調理師

ままへ

ちょうせんしたいことあるけど、
りおなだけじゃできん。
ままもいっしょにてつだって。

松本　莉央奈
福井県　6歳　小学校1年

おかあさんへ

ちょうせんするとせいちょうするらしい。
ぼくのしんちょうものびるかな。

八木　塁翔
福井県　7歳　小学校2年

みらいのぼくへ

さかあがり、じめんをけって空《そら》たかく、どんなときでもふみこむ力《ちから》が大事《だいじ》だよ。

山口 陽嵩
福井県 6歳 小学校1年

やきゅうへ

パパにむりやりやらされて、
パパがまずすきになりなさいだって。
すきにちょうせん中《ちゅう》。

山田 航生
福井県 8歳 小学校2年

お母さんへ

次《つぎ》の卓球《たっきゅう》の新人戦《しんじんせん》

「負《ま》けても大丈夫《だいじょうぶ》だよ」って

先《さき》に言《い》わないで。

絶対《ぜったい》一勝《いっしょう》するぞ！

柏 友貴
岐阜県 13歳 中学校2年

甥へ

開業《かいぎょう》のため、朝昼晩《あさひるばん》と、
試食《ししょく》のラーメンを食《た》べるのはつらいが、
美味《うま》くなってきたぞ。

後藤 順
岐阜県 69歳 自由業

もえ先生へ

中指《なかゆび》一本《いっぽん》、
蝸《かたつむり》の歩《あゆ》みでパソコンを打《う》つ私《わたし》。
隣《となり》の先生《せんせい》の指《ゆび》は、
まるで魔法使《まほうつか》いのようです。

正村　まち子
岐阜県　74歳　保育士

母へ

ぼくが工作《こうさく》に挑戦《ちょうせん》する時《とき》、
何曜日《なんようび》か聞《き》かないで！
ゴミの日《ひ》確認《かくにん》してるよね

大津　伊織
静岡県　11歳　小学校6年

孫へ
爺《じい》の死《し》は
お前《まえ》が学校《がっこう》で育《そだ》てた朝顔《あさがお》と同《おな》じ。
生《う》まれ、育《そだ》ち、枯《か》れる。
あと少《すこ》しの挑戦《ちょうせん》だ。

浅見　銑治
愛知県　83歳

大好きな妻へ

今日《きょう》はキミの愚痴《ぐち》を聞《き》く。
ちゃんと聞《き》く。最後《さいご》まで聞《き》く。
密《ひそ》かに誓《ちか》う僕《ぼく》の無謀《むぼう》な挑戦《ちょうせん》。

紀伊 保
愛知県 57歳 会社員

三人の息子たちへ

我《わ》が子《こ》からの挑戦《ちょうせん》に、
まだ負《ま》けないと、
もう負《ま》けてもが交錯《こうさく》する。
やがて分《わ》かるよ。

原田　裕一
愛知県　65歳　会社員

英語検定へ

三回目《さんかいめ》だよ。
記憶《きおく》にない問《と》いばかり出《だ》してきてさ。
いつになれば受《う》からせてくれるの。

梁村　瞳子
三重県　16歳　高校2年

俺は短命と言い続けて22年の主人へ

ヨーグルトに青汁《あおじる》と蜂蜜《はちみつ》かけて
納豆《なっとう》食《た》べてトマト食《た》べて毎日《まいにち》体操《たいそう》。
大丈夫《だいじょうぶ》です長寿《ちょうじゅ》です。

池田　信子
京都府　53歳
介護福祉士・着物着付師

先生へ

いつも挑戦《ちょうせん》、挑戦《ちょうせん》と言《い》わないでください。
先生《せんせい》に話《はな》しかけることが既《すで》に挑戦《ちょうせん》です。

岡崎 未玖
京都府 14歳 中学校2年

マラソン仲間へ

タイムを縮《ちぢ》めるのが挑戦《ちょうせん》だったのに
完走《かんそう》することが挑戦《ちょうせん》になったよ。

小原　英明
京都府　71歳　自営業

びょうきになったおかあさんへ

さか上《あ》がりができるようになったよ。
なかなか会《あ》えないけれど、
ぼくはあきらめないよ。

小寺　快人
京都府　8歳　小学校2年

新品の目覚し時計へ

この度《たび》の挑戦《ちょうせん》に、
ご近所迷惑《きんじょめいわく》にならない程度《ていど》で
お力添《ちからぞ》えいただければ幸《さいわ》いです。

鈴木　悠子
京都府　17歳　高校3年

すっぴんだった二十代の私へ

貴女《あなた》の自由奔放《じゆうほんぽう》が
四十代《よんじゅうだい》の私《わたし》をシミ取《と》りに挑戦《ちょうせん》させます。
その自由《じゆう》、高《たか》くつくわよ。

末永　紀美
大阪府　42歳　会社員

乳がんの再々発を告げられた一年前の私へ

驚《おどろ》かずに聞《き》いてね。
今《いま》の趣味《しゅみ》、ボクシングとカポエイラ。
乳《にゅう》がん界《かい》最強《さいきょう》目指《めざ》してます。

杉山　友里恵
大阪府　36歳　派遣社員

妻へ

初挑戦《はつちょうせん》の山《やま》スキーで骨折《こっせつ》し、
得《え》たのは君《きみ》との出会《であ》いでした。
骨折《ほねお》り得《とく》の人生《じんせい》に感謝《かんしゃ》です。

竹下 守雄
大阪府 71歳 無職

おねえちゃんへ

おねえちゃんは
たったままズボンがはけてかっこいい。
わたしもフラミンゴのまねっこ。

田畑　夏奈
大阪府　5歳　幼稚園年中

小学校6年生の私へ

断捨離《だんしゃり》で見《み》つけた卒業文集《そつぎょうぶんしゅう》。
今《いま》から『将来《しょうらい》の夢《ゆめ》』に挑戦《ちょうせん》するから、
見《み》ていてね。

原　典子
大阪府　64歳　主婦

あなたへ

結婚《けっこん》は、三度《さんど》挑戦《ちょうせん》したら分《わ》かるというけど
私達《わたしたち》は一度《いちど》で充分《じゅうぶん》！こりごりですね。

平山 絹江
大阪府 73歳 主婦

天国の夫へ

25年間《ねんかん》の介護《かいご》生活《せいかつ》が終《お》わったね…
だけど色々《いろいろ》な事《こと》に挑戦《ちょうせん》する時間《じかん》、
残《のこ》してくれて有難《ありがと》う！

平山 絹江
大阪府 73歳 主婦

しょうがっこうのせんせいへ
かんじのれんしゅうをしています。
もう「木《き》」ってかけます。
一《いち》ねんせいになれますか？

松岡　心春
大阪府　6歳　幼稚園年長

夫へ

私《わたし》の伴侶《はんりょ》になってくれたあなた。
なかなかのチャレンジャーやなあ。
でも幸《しあわ》せやろ？

永川　晃代
兵庫県　49歳　会社員

天国の貴方へ

私《わたし》の指定席《していせき》はいつも助手席《じょしゅせき》。
突然《とつぜん》貴方《あなた》が逝《い》った後《あと》、初《はじ》めての挑戦《ちょうせん》。
どきどきと涙《なみだ》の運転席《うんてんせき》

大橋　朋子
兵庫県　66歳

歯医者さんへ

歯医者《はいしゃ》に行《い》くくらいなら、
山中《さんちゅう》で熊《くま》と戦《たたか》います。

木村 武雄
兵庫県 69歳 無職

ままへ

勉強《べんきょう》教《おし》えてって言《い》ったら
分《わ》からんって言《い》うのなんでなん。
私《わたし》と一緒《いっしょ》に勉強《べんきょう》しませんか。

西川　彩葉
兵庫県　13歳　中学校2年

急逝した友へ

お前《まえ》なら出来《でき》る。
化《ば》けて出《で》て来《こ》い、
みんな待《ま》ってるぞ。

藤原　紘一
兵庫県　80歳　無職

お父さんへ

二人《ふたり》で登《のぼ》った富士山《ふじさん》が楽《たの》しくて、
山岳部《さんがくぶ》に入《はい》りました。
また登《のぼ》りたいよ、父《とう》さんと

森　駿介
奈良県　15歳　高校1年

十さいのぼくへ

九《きゅう》さいのぼくができなかったことは
十《じゅっ》さいのぼくがちょうせんしてくれるよね。

津本　高佑
和歌山県　9歳　小学校3年

侑生へ（娘）

初《はじ》めての挑戦《ちょうせん》、母《かあ》さんは見逃《みのが》したんよ。
ごろんと寝返《ねがえ》り。あー！
1番《ばん》に見《み》たかった。あ〜

難波　みゆき
岡山県　52歳　公務員

倉敷鷲羽高校生徒のみなさんへ

挑戦《ちょうせん》とは壁《かべ》の向《む》こうへ行《い》こうとすること。
跳《と》び越《こ》えるか。穴《あな》を空《あ》けるか。
大回《おおまわ》りするか。

三村 直子
岡山県 59歳 高等学校校長

三歳の娘へ

頑張《がんば》りすぎると怪我《けが》をすることもあるから
ほどほどに。
取《と》れるといいねでっかい鼻《はな》くそ。

清水　雪乃
広島県　32歳　生活支援員

ドラムセットへ

無料体験《むりょうたいけん》でわかった。
これだ！叩《たた》くほどに力《ちから》が漲《みなぎ》る。
燃《も》えてくる。71歳《さい》の覚醒《かくせい》だ！

松尾　初夏
徳島県　71歳　主婦

私へ
齢《よわい》五十《ごじゅう》
相方《あいかた》探《さが》しは
ここからだ

吉成　昌代
徳島県　50歳　事務職

自分へ

やる前《まえ》から「できん」って、
それ、自分《じぶん》に失礼《しつれい》やで。謝《あやま》れ。

太田 貴子
香川県 46歳 会社役員

うちゅうひこうしへ

父《ちち》「ちょうせんしたいことは？」
ぼく「うちゅうに行《い》きたい!!」
でかすぎるとわらわれた

長瀧　陽大
愛媛県　9歳　小学校3年

お母さんへ

「美味《おい》しいけん！
騙《だま》されたと思《おも》って食《た》べとーみ」
って言《い》うけど…
今日《きょう》も騙《だま》されたわ。

吉岡　音嬉
愛媛県　11歳　小学校5年

亡き母へ

懇願《こんがん》され就職《しゅうしょく》し、
約束《やくそく》の十年《じゅうねん》が過《す》ぎました。
私《わたし》は私《わたし》の人生《じんせい》に戻《もど》ります。
次《つぎ》こそ応援《おうえん》を。

井上　真里
高知県　41歳　公務員

自分へ

齢《よわい》九十六《きゅうじゅうろく》。
百《ひゃく》までとは目標《もくひょう》が近《ちか》すぎる。
せめて百二十《ひゃくにじゅう》。
生涯青春《しょうがいせいしゅん》、突《つ》っ走《ぱし》ろう。

岩永 美智子
福岡県 96歳

卓ちゃんへ

絶対《ぜったい》に、二人《ふたり》で金婚式《きんこんしき》を迎《むか》えよう。
あなたの寝息《ねいき》を聞《き》きながら、
ふとそう思《おも》いました。

坂上　正子
福岡県　58歳　主婦

私の気持ちへ

私《わたし》はふと、思《おも》った。
「不可能《ふかのう》」の対義語《たいぎご》は「可能《かのう》」ではない。
「挑戦《ちょうせん》」だと…。

作間　杏菜
福岡県　14歳　中学校2年

サンタクロースへ

もっとえいごをはなせるようになって、
大《だい》すきな気《き》もち、
いっぱいつたえにいくからね。

佐藤　絢音
福岡県　6歳　小学校1年

三番目に生まれた愛する娘へ

会話《かいわ》の大切《たいせつ》さ、教《おし》えてくれてありがとう。
「手話《しゅわ》」覚《おぼ》えるからママと沢山《たくさん》はなそうね。

永田　宏美
福岡県　43歳　会社員

パパへ

牛乳《ぎゅうにゅう》飲《の》まないから
背《せ》がのびないよって言《い》うけど、
パパくらいなら、
こえてみせます！

中富　悠喜
福岡県　10歳　小学校4年

母へ

「これで最後《さいご》」と言《い》って
畑《はたけ》の大根《だいこん》を抜《ぬ》いた時《とき》
あなたの挑戦《ちょうせん》が
静《しず》かに終《お》わった気《き》がしました

中村　美保
福岡県　55歳　パート

家族との思い出へ

家族《かぞく》と会《あ》えるのは年《ねん》に3回《かい》、
記憶《きおく》残《のこ》る最高《さいこう》の一枚《いちまい》を撮《と》りたい。

前田　靖彦
福岡県　22歳　配達員

自分へ

人生最後《じんせいさいご》の大仕事《おおしごと》、
55歳《さい》で再《ふたた》び教壇《きょうだん》へ。
強《つよ》かった昔《むかし》より、
弱《よわ》い今《いま》の方《ほう》が良《い》い教師《きょうし》だよね。

牟田口 朱美
福岡県 55歳 主婦

父さん母さんへ

既《すで》にお気《き》づきと思《おも》いますが、
僕《ぼく》は、何《なに》か「報酬《ほうしゅう》」があると
挑戦《ちょうせん》できる子《こ》に変身《へんしん》します。

森永 達也
福岡県 13歳 中学校1年

父ちゃんへ

半身不随《はんしんふずい》になった父《とう》ちゃんの
生《い》きる姿全《すがたすべ》てが挑戦《ちょうせん》に見《み》えて、
いつも力《ちから》をもらってるとよ。

山下 果由
福岡県 49歳 自営業

ＡＬＳ末期の父へ

知《し》ってるよ。
息《いき》をすること、食《た》べること
何千倍《なんぜんばい》も　頑張《がんば》ってる。

横山　佳奈
福岡県　37歳　主婦

誰よりもうまい絵が描きたかった自分へ

毎日《まいにち》描《か》くのもいいですが、
休《やす》んでみたら楽《たの》しい絵《え》を描《か》けました。
休《やす》んでみるのも挑戦《ちょうせん》です

池田　太樹
熊本県　18歳　高校3年

お母さんへ

何《なん》も知《し》らんとこやけど
2人《ふたり》で頑張《がんば》ってみることにした。
結婚《けっこん》ってそういうもんやろ？

古市　芽生
大分県　25歳　パート

夫へ

周《まわ》りは「何《なに》もない所《ところ》によく来《き》たね」と。
暮《く》らしてみたかったの、
あなたの育《そだ》ったこの町《まち》で

福永　房世
鹿児島県　59歳　主婦

おにいちゃんへ

やさしくする。
なかよくする。
すなおにあやまる。
わたしのちょうせん。

表　茉依
カナダ　7歳
日本語補習校1年

総評

選考委員　小室　等

毎回のことですが、蓋を開けてみると、様々な素晴らしい作品が集まってくれて良かったなと思います。今回特に30回を記念して選考委員特別賞という部門賞枠が設けられ、各選考委員が僭越ながら、自分の賞を設定することになりました。そこで、総評というより選考委員についての考察をしてみようと思います。

それぞれに、選考委員4人のキャラで、なるほどと思える作品を選ばれました。小室等賞は、〈「あとは女優やな」に技あり一本〉ということについて、部門賞のところで語っているのでそちらを参照してください。幹郎さんが「反抗期」の作品を選んだのは、いかにも少年のナイーブな心を読みとって、幹郎さんらしい。夏井さんは、ご自分の教員時代に重ね合わせて教員のみなさんに共感と励ましのエールの選考ですが、加えて全国の教員諸氏に、さらにしっかりね、の含みを込めての選考かしら。宮下さんは宮下さんで本当にらしい作品を選んでらっしゃいます。余談ですが、宮下さんは毎回選考会で作品を読みながら泣くんですよ。『泣く奈都』の作品選び、やっぱりらしいなと思いながら、奈都さんの心にどんな思いが去来しているのかなと思う。弟の心の耐久年数のことがよぎっているかもしれないし、ただ優しいだけじゃない奈都さんが、実はいると僕は思っている。選考委員4人4色？　いえいえ4色などでは収まりきれない色々なキャラが詰まっていて、言うまでもないがひと色ではない。選考委員の心の奥底に鬼がいないとも限らない、それは奈都さんだって例外じゃないはず。そういう意味では応募して下さった皆さんの作品も、この子はこの子で、この人はこの人でっていう感じで、作品の表面に現れたキャラクターは、必ずしもそれだけではない、その裏側に見えるものも作品を応募した方にはあるに違いない、色々なものを持っている人生、いろんな人生を歩んできている、たとえば6歳の子でも、6歳なりの人生をもうすでに歩んできているわけです。そのことが応募作品の言葉のかけらに潜んでいる。そのことが想像できる、そういう様々な人達が応募してくださっているんだなと改めて感じているところです。

（入賞者発表会講評より要約）

あとがき

私たちの便利で豊かな生活は、人々の現状に満足することのない、「挑戦・チャレンジ」がもたらしたものだと思います。これまでの道のりには、多くの困難があったでしょう。多くの失敗もあったでしょう。

「挑戦」と聞くと、前向きで積極的な感じと同時に、決断への不安や緊張もあるように感じます。いずれにしても、私たちは毎日が「挑戦」の連続であるようにも思えます。

その様な「挑戦・チャレンジ」に、三万九七〇四通のお手紙をいただきました。応募作品からは、その人の個性が垣間見え、様々な人生を歩んでこられた皆様の心に触れることができました。

「挑戦・チャレンジ」の一次選考に携わっていただいたのは、住友グループ広報委員会の皆様です。たくさんの手紙の選考は、優劣をつけなければならない、自身の心の葛藤との戦いでした。

最終選考会は、三年ぶりに顔を合わせての開催となりました。小室等さんのまとめ役のもと、佐々木幹郎さん、宮下奈都さん、夏井いつきさん、長澤修一さんは、「挑戦」の物語に涙したり、心を動かされたりしての選考でした。また、第三〇回を記念して設けられた選考委員特別賞は、選考委員の心をつかんだ作品が選ばれました。

そして、「一筆啓上賞　日本一短い手紙」が第三〇回まで継続できたのは、坂井市丸岡町出身の山本時男氏が代表取締役を務める、株式会社中央経済社・中央経済グループパブリッシングの皆様の本書の出版、並びに付帯する出版業務のすべてお引き受けいただいたことや、日本郵便株式会社、住友グループ広報委員会、坂井青年会議所の皆様のご協力ご支援のお陰であり、心からの感謝とお礼を申し上げます。

結びに、「一筆啓上賞　日本一短い手紙」が、一層皆様に親しまれるものになるよう「挑戦・チャレンジ」していきたいと思います。

令和五年四月

公益財団法人　丸岡文化財団　理事長　田中　典夫

日本一短い手紙「挑戦・チャレンジ」 第30回一筆啓上賞

二〇二三年四月三〇日 初版第一刷発行

編集者――公益財団法人丸岡文化財団
発行者――山本時男
発行所――株式会社中央経済社
発売元――株式会社中央経済グループパブリッシング
〒一〇一－〇〇五一
東京都千代田区神田神保町一－三一－二
電話〇三－三二九三－三三七一（編集代表）
〇三－三二九三－三三八一（営業代表）
https://www.chuokeizai.co.jp
印刷・製本――株式会社 大藤社
編集協力――辻新明美

＊頁の「欠落」や「順序違い」などがありましたらお取り替えいたしますので発売元までご送付ください。（送料小社負担）

ISBN978－4－502－46251－1 C0095

四六判・236頁
本体1,000円＋税

四六判・222頁
本体1,000円＋税

四六判・236頁
本体1,000円＋税

四六判・216頁
本体1,000円＋税

四六判・236頁
本体1,000円＋税

四六判・162頁
本体900円＋税

四六判・160頁
本体900円＋税

四六判・162頁
本体900円＋税

四六判・178頁
本体900円＋税

四六判・184頁
本体900円＋税

四六判・258頁
本体900円＋税

四六判・210頁
本体900円＋税

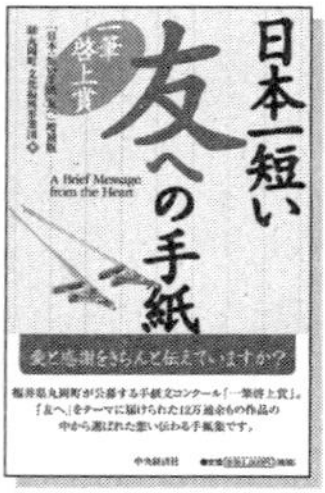

四六判・216頁
本体1,000円＋税

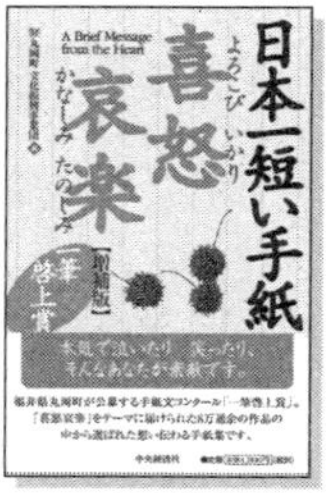

四六判・206頁
本体1,000円＋税

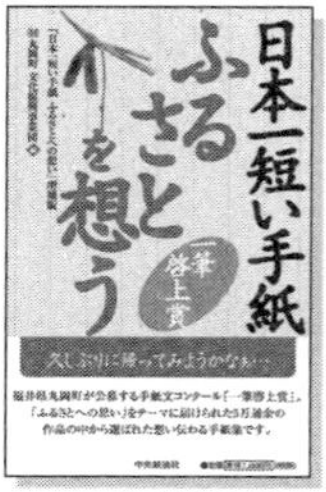

四六判・218頁
本体1,000円＋税

四六判・196頁
本体1,000円＋税